AF363814

NOTICE

DE

LIVRES

ESTAMPES ET DESSINS

PROVENANT

DE FEU M. CHARRIN

Homme de lettres, Chevalier de la Légion d'honneur, Membre de l'Académie de Lyon
Président d'honneur du *Caveau*, etc.

DONT LA VENTE AURA LIEU

RUE DES BONS-ENFANTS, N° 28

(MAISON SILVESTRE)

Le Lundi 15 Mars 1875

A SEPT HEURES ET DEMIE DU SOIR

EXPOSITION DE DEUX HEURES A QUATRE HEURES

Par le ministère de M⁰ **Henri LECHAT**, Commissaire-Priseur,
rue Baudin, 6 (square Montholon).
Assisté de **M. Léon TECHENER**, Libraire.

ON REMARQUE SURTOUT

UN SUPERBE DESSIN DE M. MEISSONNIER

MEMBRE DE L'INSTITUT, REPRÉSENTANT

Ugolin et ses Enfants dans leur prison

PARIS

LIBRAIRIE DE LÉON TECHENER

RUE DE L'ARBRE-SEC, 52, AU PREMIER

--

1875

PUBLICATIONS NOUVELLES

NOTICE

DE

LIVRES

ESTAMPES ET DESSINS

PROVENANT

DE FEU M. CHARRIN

Homme de lettres, Chevalier de la Légion d'honneur, Membre de l'Académie de Lyon
Président d'honneur du *Caveau*, etc.

DONT LA VENTE AURA LIEU

RUE DES BONS-ENFANTS, N° 28

(MAISON SILVESTRE)

Le Lundi 15 Mars 1875

A SEPT HEURES ET DEMIE DU SOIR

EXPOSITION DE DEUX HEURES A QUATRE HEURES

Par le ministère de **M° Henri LECHAT**, Commissaire-Priseur,
rue Baudin, 6 (square Montholon).
Assisté de **M. Léon TECHENER**, Libraire.

ON REMARQUE SURTOUT

UN SUPERBE DESSIN DE M. MEISSONNIER

MEMBRE DE L'INSTITUT, REPRÉSENTANT

Ugolin et ses Enfants dans leur prison

PARIS

LIBRAIRIE DE LÉON TECHENER

RUE DE L'ARBRE-SEC, 52, AU PREMIER

1875

CONDITIONS DE LA VENTE

Elle sera faite au comptant.

Il sera perçu CINQ CENTIMES PAR FRANC, en sus des adjudications, applicables aux frais.

NOTICE

DE LIVRES

ESTAMPES ET DESSINS

Provenant de feu **M. CHARRIN**

---

1. La sainte Bible, contenant l'ancien et le nouveau Testament; version revue sur les originaux. *Paris*, 1850-52; 3 vol. in-4, à 2 colonnes, interfoliés de papier blanc, dem.-rel. mar. noir.

2. Histoire du mahométisme, par Ch. Mills, traduite de l'anglais par P***. *Paris*, 1825; 1 vol. in-8 de 544 p., br.

3. Histoire civile, religieuse et littéraire de l'abbaye de la Trappe, par L. D. B. (Louis Dubois). *Paris*, 1824; in-8, portrait, br.

4. Cours de philosophie générale, par H. Azaïs, *Paris*, 1824; 8 vol. in-8, portrait, br. Mouillures d'eau.

5. Scènes de la nature sous les tropiques, et de leur influence sur la poésie, par Ferdinand Denis. *Paris*, 1824; in-8 de 516 pages, br.

6. La Botanique historique et littéraire, par Mme de Genlis, 2 vol. — Les Chevaliers du Cygne ou la Cour de Charlemagne, par la même, 3 vol. *Paris*, 1810-1818; ens. 5 vol. in-12, br.

— 4 —

7. Histoire philosophique, littéraire, économique des plantes de l'Europe, par J.-L.-M. Poiret. *Paris, imp. de F. Didot*, 1825-29; 7 vol. in-8, planches coloriées, dem.-rel., v. vert.

8. Tableau du règne végétal selon la méthode de Jussieu, par E.-P. Ventenat. *Paris, an VII;* 3 vol. in-8, v. écaille, dent.

9. **Enquête agricole.** *Paris, Imprimerie impériale*, 1867-1870; ens. 32 vol. in-4, br.

Savoir : Rapport à S. E. le Ministre de l'Agriculture, du Commerce et des Travaux publics, par le directeur général de l'enquête; 1 vol.

1re SÉRIE. Documents généraux, Décrets, Rapports, etc.; Séances de la Commission supérieure; 2 vol.

2e SÉRIE. Enquêtes départementales : 1re circonscription, Manche, Calvados, Eure; 1 vol. — 2e, Orne, Mayenne, Sarthe, Maine-et-Loire; 1 vol. — 3e, Morbihan, Finistère, Côtes-du-Nord, Ille-et-Vilaine; 1 vol. — 4e, Somme, Oise, Seine-Inférieure; 1 vol. — 5e, Aisne, Pas-de-Calais, Nord; 1 vol. — 6e, Eure-et-Loir, Seine-et-Marne, Seine-et-Oise, Seine; 1 vol. — 7e, Vendée, Deux-Sèvres, Loire-Inférieure; 1 vol. — 8e, Cher, Indre-et-Loire, Loir-et-Cher; 1 vol. — 9e, Allier, Puy-de-Dôme, Nièvre; 1 vol. — 10e, Indre, Creuse, Vienne; 1 vol. 11e, Loiret, Aube, Marne, Yonne; 1 vol. — 12e, Meuse, Ardennes, Moselle, Meurthe; 1 vol. — 13e, Bas-Rhin, Haut-Rhin; 1 vol. — 14e, Haute-Marne, Côte-d'Or, Saône-et-Loire; 1 vol. — 15e, manque. — 16e, Dordogne, Lot-et-Garonne, Gironde; 1 vol. — 17e, Basses-Pyrénées, Hautes-Pyrénées, Landes; 1 vol. — 18e, manque. — 19e, Lot, Aveyron, Tarn; 1 vol. — 20e, Cantal, Haute-Loire, Lozère, Corrége; 1 vol. — 21e, manque. — 22e, Gard, Hérault, Bouches-du-Rhône; 1 vol. — 23e, Vaucluse, Drôme, Ardèche; 1 vol. — 24e, Basses-Alpes, Var, Alpes-Maritines; 1 vol. — 25e, Hautes-Alpes, Haute-Savoie, Savoie, Isère; 1 vol. — 26e, Doubs, Vosges, Haute-Saône; 1 vol. — 27e, manque. — 28e, Corse; 1 vol.

3e SÉRIE. Dépositions orales reçues par la Commission supérieure; 1 vol.

4e SÉRIE. Documents recueillis à l'étranger; 1 vol.

ALGÉRIE. Alger, Oran, Constantine; 1 vol.

10. Jardinage, Agriculture, etc. Lot de 8 Volumes divers dont : Premier Essay de la végétation des plantes, par Mariotte, 1 vol. — Le grand OEuvre de l'agriculture, par Montagne, 1 vol. — L'École du jardinier-fleuriste, 1 vol. — Culture de la vigne, par le c^{te} Odart, 1 vol., etc.

11. OEuvres de Pierre Lebrun, de l'Académie française (précédées d'une notice sur ses ouvrages par Ste-Beuve, de l'Académie française). *Paris, Perrotin*, 1844; 2 vol., gr. in-8, br.

12. La Chute de l'Empire, drame-épopée, précédée d'une introduction historique ou considérations sur l'avenir de l'Europe. *Paris*, 1836; in-8, de LVI et 191 pages, br.

13. Nouvelle Némésis, satires (24). — Le Zodiaque, satires (12), par Barthélemy. *Paris*, 1845-47; 2 vol. gr. in-8, *papier vélin*, br.

14. Moyse. Poëme en quatre chants par Népomucène-L. Lemercier, de l'Institut. *Paris, imprimerie de Didot*, 1823; in-8 de 227 pages, br.

15. Philippe-Auguste, poëme héroïque en douze chants par F. A. Parseval, de l'Académie française. *Paris, imprimerie de Jules Didot aîné*, 1826; 1 vol. in-8, br.

16. La Cité des hommes, par Adolphe Dumas. *Paris*, 1835; 1 vol. gr. in-8 de 28 et 468 pages, br.

17. La Pierre de touche, par Mlle S. Ulliac Trémadeure, ouvrage qui a obtenu la médaille d'honneur de la Société pour l'instruction élémentaire. *Paris*, 1835; 1 vol. in-8, de 487 pages, br.

18. Poésies de Gray, traduites en vers français, par L.-C. Hoyau, 1 vol. — Trèfle à quatre feuilles, par Mme Regnault de Prébois, 1 vol. *Paris*, 1837-39; ens. 2 vol. in-8, br.

19. Esquisses dramatiques, par le vicomte de Bordesoulle. *Paris*, 1837; 1 vol. in-8, br.

20. Faust, tragédie de Gœthe, traduite en vers français et précédée de considérations sur l'histoire de Faust, par Alphonse de Lespin, capitaine du génie. *Paris*, 1840; 1 vol. in-8, br.

21. Les malheurs d'un amant heureux ou Mémoires d'un
jeune aide-de-camp de Napoléon Bonaparte, écrits par
son valet de chambre. *Paris*, 1823; 3 vol. in-8, br.
(Mouillures d'eau).

22. OEuvres complètes de Chatterton, traduites par Javelin
Pagnon, précédées d'une vie de Chatterton, par A. Cal-
let. *Paris*, 1839; 2 vol. in-8, br.

23, Galerie chronologique et pittoresque de l'histoire ancienne, par feu O. Perrin, du Finistère; publiée par son
fils, avec texte explicatif, par Alex. Bouet, précédé
d'une Notice sur O. Perrin, par Alex. Duval, de l'Académie française. *Paris*, 1842; 27 1res livraisons avec
planches gravées sur acier, gr. in-fol. obl.

24. Annales des Lagides, ou Chronologie des rois grecs
d'Egypte successeurs d'Alexandre le Grand, par Cham-
pollion-Figeac. *Paris*, 1819; 2 vol. in-8, 2 planches, br.

25. Histoire générale des voyages ou nouvelle collection
des relations de voyages par mer et par terre, par
C.-A. Walckenaer, de l'Institut. *Paris*, *Lefèvre*, 1826-
1831; 21 vol. in-8, br.

Ce sont les 21 premiers volumes.

26. Voyage dans une partie de la France ou lettres
descriptives et historiques adressées à la comtesse
Sophie de Strogonoff, par le comte Orloff, sénateur de
Russie. *Paris*, 1824; 3 vol. in-8, br. (Mouillures d'eau).

27. Journal d'un voyage autour du monde pendant les
années 1816, 1817, 1818 et 1819, par Camille de Roque-
feuil, lieutenant de vaisseau. *Paris*, 1823; 2 vol. in-8,
cartes, br.

28. Voyage du *Luxor* en Égypte, entrepris par ordre du
roi, pour transporter, de Thèbes à Paris, l'un des obé-

lisques de Sésostris, par de Verninac Saint-Maur, commandant de l'expédition. *Paris*, 1835 ; 1 vol. in-8, planches, br.

29. Voyage sur le Danube, de Pest à Routchouk, par navire à vapeur, et notices de la Hongrie, de la Valaquie, de la Servie, de la Turquie et de la Grèce, par Michel J. Quin, traduit par J.-B. Eyriès. *Paris*, 1836 ; 2 vol. in-8, planches, br.

30. Voyages de l'embouchure de l'Indus à Lahor, Caboul, Balkh et à Boukhara, et retour par la Perse, pendant les années 1831, 1832 et 1833, par Alexandre Burnes, traduits par J.-B.-B. Eyriès. *Paris*, 1835 ; 3 vol. in-8, broch.

> Manque l'atlas.

31. Voyage dans l'intérieur de l'Afrique, aux sources du Sénégal et de la Gambie, fait en 1818, par ordre du Gouvernement français, par G. Mollien. *Paris*, 1822 ; 2 vol. in-8, avec carte et vues, br.

32. Voyages en Arabie, par J.-L. Burckhardt, traduits de l'anglais par J.-B.-B. Eyriès. *Paris*, 1835 ; 3 vol. in-8, avec carte et plan ; br.

33. Voyages de M. le marquis de Chastellux dans l'Amérique septentrionale, dans les années 1780, 1781 et 1782. *Paris*, 1788-1791 ; 2 vol. in-8, cartes, br.

34. Voyage au Chili, au Pérou et au Mexique pendant les années 1820, 1821 et 1822, par le capitaine Basil-Hall, officier de la marine de la Grande-Bretagne. *Paris*, 1834 ; 2 vol. in-8, carte, br.

35. La Cour et la Ville sous Louis XIV, Louis XV et Louis XVI, ou révélations historiques, publiées par F. Barrière. *Paris*, 1830 ; 1 vol. in-8, br.

36. Voyage en Navarre pendant l'insurrection des Basques (1830-1835), par J. Augustin Chaho. *Paris*, 1836; 1 vol. in-8, portraits et costumes, br.

37. Les Fastes de la guerre d'Orient, histoire politique, militaire et maritime des campagnes de Crimée..., par Eugène Pick, de l'Isère. *Paris*, 1856; 1 vol. in-8, avec un plan de Sébastopol, br.

38. Histoire de l'Algérie et des autres États barbaresques, depuis les temps les plus anciens jusqu'à ce jour, par le baron de Vinchon. *Paris*, 1839; 1 vol. in-8, planches, broch.

39. De l'Angleterre et de la France, lettre au comte Grey, suivie d'un post-scriptum sur l'Université d'Oxford, par le comte Henri de Viel-Castel. *Paris*, 1836; 1 vol. in-8, br.

40. Londres et les Anglais des temps modernes, par le docteur Bureaud-Riofrey. *Londres* (*Paris*) *Baillière*, 1844 : 1 vol. in-8, br.

41. Souvenirs d'Espagne, par Henri Cornille : Castille, Aragon, Valence et les puissances du Nord. *Paris*, 1836 : 2 vol. in-8, avec vignettes, br.

42. Histoire d'Espagne, depuis les premiers temps jusqu'à nos jours, par Ch. Romey. *Paris, Furne*, 1839-1847 ; 7 vol. in-8, vignettes, br.

43. Histoire d'Espagne, depuis les premiers temps historiques jusqu'à la mort de Ferdinand XII, par Rosseeuw Saint-Hilaire. *Paris, Furne*, 1844 ; 4 vol. in-8, cartes, br.

44. Souvenirs d'Orient, Constantinople, Grèce, Jérusalem, Égypte, par Henri Cornille. *Paris*, 1836 ; 1 vol. in-8, vignettes, br.

45. Origine et Progrès de la puissance des Sikhs dans le Penjab, et Histoire du Maha-Radja Randgit Singh, par T. Prinsep, traduit de l'anglais par Xavier Raymond. *Paris*, 1836; in-8, avec deux portraits et une carte, br.

46. Le Mexique, souvenirs d'un voyageur, par Isidore Lowenstern. *Paris*, 1843; 1 vol. in-8, br.

47. Histoire des duels anciens et modernes, contenant le tableau de l'origine, des progrès et de l'esprit du duel en France et dans toutes les parties du monde, par Fougeroux de Campigneulles. *Paris*, 1835; 2 vol. in-8, broch.

48. Les Fastes de la Légion d'honneur, biographie de tous les décorés, depuis la création de l'ordre jusqu'à ce jour, par Lievyns, Verdot, Bégat. *Paris*, 1842-1847; 5 vol. gr. in-8 à deux colonnes, portrait, br.

49. La France littéraire ou dictionnaire bibliographique des savants, historiens et gens de lettres de la France, etc., par J.-M. Quérard. *Paris, Didot*, 1827-1832; 4 tomes en 7 vol. in-8, br.

50. Biographies et nécrologies des hommes marquants du xixᵉ siècle, publiées par V. Lacroix et Ch. Laurent. *Paris*, 1844-1846; 3 vol. in-8, br.

51. Annuaire historique universel, ou histoire politique pour 1845 à 1851, par C.-L. Lesur. *Paris*, 1847-1853; 7 vol. in-8. — Annuaire des Deux-Mondes, histoire générale des divers États, 1851-1855; 4 vol. gr. in-8. Ens. 11 vol. br.

QUELQUES LOTS DE LIVRES NON CATALOGUÉS

ESTAMPES

52. **Crespi**. Bertoldo et Bertoldino, suite de figures satiriques gravées à l'eau-forte par **J**. de Crespi. 23 p.

53. Divers : Les Bossus, par Callot ; suite de 20 pièces (complètes) ; — Figures de caprices ; — Vues de Suisse, etc. 57 pièces.

54. **Victor Adam**. Le Bien et le Mal ; — La Vie de château ; — Le Livre d'images. Ensemble 67 pl.

55. **Vernet** (Carle). Les Chevaux et les Arabes du désert, lith. de Lasteyrie. 7 p.

56. Angelica Kauffman : Héloïse et Abeilard. 4 grandes estampes en couleur.

57. Moreau et Cochin. Serment de Louis à son sacre (épreuve fatiguée) ; — Préparatifs du grand feu d'artifice fait et tiré à Rome, par le cardinal de Polignac, en 1729 ; — Decoration du bal paré, donné par le roy en 1745 ; — Décoration de la salle de spectacle, à Versailles, en 1745 ; — Bal masqué donné par le roy, à Versailles, en 1745 ; 5 p.

58. La Marchande à la toilette ; — La Soubrette confidente. Deux grandes estampes d'après Lawrens, par Vidal. Belles épreuves à toutes marges.

59. Divers. Eaux-fortes : antiquités, monuments, vues de châteaux en France ; — Le Jugement dernier, d'après Michel-Ange, etc. 10 p.

60. Divers. Monument de la statue de Louis XV à Bordeaux; — Projet d'un monument au roi Louis XVI; — Projet d'un grand salon peint par Coypel, à Saint-Cloud; Henri IV; — Le Duc de Bordeaux; — Costumes. 19 p.

61. Divers. Pièces historiques, estampes gracieuses, portraits, etc. 38 pièces grav. et lithogr.

62. La Chasse au cerf. Deux grandes estampes en couleur, d'ap. Ferneley.

63. Fables (52) choisies de La Fontaine. 1 vol. in-fol obl. avec gravures, par Carle Vernet, Horace Vernet et Hippolyte Lecomte, dem.-rel., v. vert.

64. La Danse des morts (église de la Chaise-Dieu en Auvergne). Très-grande estampe de $2^m 95$, collée sur toile, renfermée dans un étui. Belle ép.

65. La Fête des vignerons à Vévey. Très-grande estampe (de 30 parties) collée sur toile qui se ploie et qui mesure 14 mèt. 50 de long.

66. Cochin et autres. Estampes historiques, montées sur pap. blanc. 77 pièces.

67. Architecture ancienne : monuments, antiquités, bas-reliefs, etc. 82 pl. sur papier de Chine.

68. Plan géométral de Paris et de ses agrandissements. *Paris*, 1866; gr. pl. de $1^m 55$ sur $1^m 05$.

69. Perelle. Paysages, Vues de villes, etc. 44 pièces.

70. Figures de la Bible. 113 figures d'après Crispin de Pas et autres.

71. Suites d'études de paysages, marines, fantaisies, etc., gravées par Seb. Leclerc, Chedel, Soubeyran, Perelle, 130 pièces en petit format.

72. Estampes anciennes, presque toutes ayant trait à des sujets religieux, extr. de livres et montées sur papier bl. 27 p.

73. Portraits divers : Louis XV. Bossuet, duc de Choiseul, etc. 12 pièces.

74. Les Côtes de Marseille. Six estampes et marines, d'ap. Joseph Vernet.

75. Estampes gracieuses et galantes. 15 pièces.
   Dont : la Punition de l'Amour, d'après Lagrenée; la Confidence, d'après Boucher; le Messager d'amour; le Satyre impatient; l'Amant pressant, etc.

76. Estampes gracieuses en couleur et autres, seize pièces.

77. Estampes anglaises, d'après Angelica Kauffmann et autres, neuf pièces.

78. **Pesne** (Jean), peintre et graveur, né à Rouen (1623-1700). Les Sacrements, d'après les tableaux que N. Poussin a peints pour M. de Chantelou, sept grandes estampes à toutes marges.
   Suite complète et célèbre; épreuves avec l'adresse d'Audran.

79. **Téniers** (d'après). Quatre estampes gravées par J.-P. Le Bas, Martini, etc.

ESTAMPES ENCADRÉES

80. **Aubry-le-Comte**. Une Scène du déluge, d'après Girodet (encadré).
   Belle épreuve sur papier de Chine; lettres grises.

81. **Bervic.** Le Groupe du Laocoon, d'après Bouillon (encadré).

Belle épreuve sur papier de Chine avant la lettre.

82. **Decaisne** (d'après). Marguerite de Valois sauvant un gentilhomme protestant, lithogr. par Léon Noël, cadre doré; épreuve sur papier de Chine.

83. **Desnoyers** (Louis-Auguste Boucher, Baron). La Vierge de la maison d'Albe, d'après Raphaël, cadre doré.

Belle épreuve; lettres grises.

84. **Fortier.** Forêt vierge du Brésil, d'après le comte de Clarac (encadrée).

Très-belle épreuve d'artiste, avant toute lettre.

85. **Gérard** (d'après). L'entrée de Henri IV à Paris, gravée par Toschi (encadrée).

Superbe épreuve d'artiste avant toute lettre, les noms des artistes tracés au crayon.

86. **Gérard** (d'après). La Bataille d'Austerlitz, d'après F. Gérard, par Godefroy (encadrée).

Superbe épreuve d'artiste avant toute lettre, signée du graveur.

87. **Girodet-Trioson** (d'après). La Toilette de Vénus; deux grandes lithographies sur papier de Chine avant la lettre.

88. **Laugier.** Léonidas, d'après le baron Gros (encadré).

Superbe épreuve sur papier de Chine avec signature du graveur, lettres grises.

89. **Laugier.** Bonaparte à Jaffa, d'après le baron Gros (encadré).

Superbe épreuve sur papier de Chine, signée; lettres grises.

90. **Lecomte.** L'Éducation d'Achille, d'après Regnault (cadre doré).

Belle épreuve; lettres grises.

91. **Lorichon**. La Vierge au rideau, d'après Raphaël (cadre doré).

Superbe épreuve d'artiste avant toute lettre, avec les noms tracés à la pointe.

92. **Lorichon**. Le Mariage de sainte Catherine, d'après le Corrége (cadre doré).

Belle épreuve, lettres grises.

93. **Masquelier**. La Vierge du palais Colonna, d'après Raphaël (cadre doré).

Superbe épreuve sur papier de Chine avant la lettre, seulement le noms des artistes gravés à la pointe.

94. **Massard** (Raph. Urb.). Homère, d'après Gérard ; belles épreuves, lettres grises (encad.).

95. **Massard** (Raph. Urb.). Hippocrate refuse les présents d'Artaxercès, d'après Girodet (encadrée).

Belle épreuve sur papier de Chine, signée du graveur; lettres grises.

96. **Massard** (Raph.-Urb.). L'Enlèvement des Sabines, d'après David (encad.).

Superbe épreuve sur papier de Chine; lettres grises, signée.

97. **Massard** (Raph.-Urb.). Atala, d'ap. Girodet-Trioson.

Belle épreuve avant toute lettre ; les noms des artistes seulement tracés à la pointe.

98. **Prudhon** (D'après). L'Enlèvement de Psyché, gravé par Henri-Charles Muller, encad., épreuve avant toute lettre.

99. **Reynolds**. Une Scène de l'inquisition, d'après le comte de Forbin ; encadrée,

Belle épreuve ; lettres grises.

100. **Sixdeniers**. Honneurs rendus à Raphaël après sa mort, d'après Bergeret (encadré).

Très-belle épreuve sur papier de Chine; lettres grises.

101. Tardieu (Alexandre). La Communion de saint Jérôme, d'après le Dominiquin (encadré).

> Superbe épreuve avant la lettre avec de la marge et signée du graveur.

102. Vernet (D'après Horace). Le Chien du régiment, par Lecomte (encadré).

> Belle épreuve ; lettres grises.

103. Vernet (Horace). Le Trompette, par Ch. Johannot (encadré).

> Belle épreuve d'artiste ; lettres grises.

DESSIN ORIGINAL DE M. MEISSONNIER
MEMBRE DE L'INSTITUT

Ugolin et ses Enfants mourant de la faim dans leur prison
(ÉPISODE DE LA RÉPUBLIQUE DE FLORENCE)

MAGNIFIQUE DESSIN A LA SÉPIA

UGOLINO della Gherardesca, mort en 1288, ne cessa de conspirer contre sa patrie adoptive ; il reçut l'assistance de l'archevêque Ruggieri degli Ubaldini pour dépouiller son propre neveu, Nino de Gallura, et força les Guelfes à évacuer la ville de Pise, pour se mettre en possession du Gouvernement ; mais bientôt après, accusé d'avoir livré les forteresses de la ville aux Florentins, il fut attaqué lui-même dans son palais ; le combat dura jusqu'au soir ; deux des fils d'Ugolino tombèrent dans la lutte. Lui-même, pressé par l'incendie, se rendit avec les plus jeunes de ses fils et ses petits-fils. Ce sont là les cinq personnages sur la mort desquels Dante a fait un sublime épisode et qui sont représentés ici. Le comte Ugolin et ses fils furent enfermés dans une tour dont les clefs furent jetées dans l'Arno. « Quels qu'eussent été les crimes d'Ugolino, dit Sismondi, l'horreur de son supplice les fit oublier, et son nom est demeuré comme un exemple, presque unique dans l'histoire, d'un tyran qui inspire la pitié et qui est puni par son peuple plus sévèrement qu'il ne l'avait mérité. » Les prisonniers moururent de faim, nul ne sut leurs angoisses............

Vos RENOU, MAULDE et COCK, imprs de la Compagnie des Commissaires-Priseurs,
rue de Rivoli, 144.   51896